westermann

AF625984

# Karibu

## Übungsheft 3

**Erarbeitet von**

Astrid Eichmeyer, Katja Eisenzapf,
Hannah Grönert, Steffi Lang,
Andrea Warnecke, Sabine Willmeroth

**Illustriert von**

Michael Ciecimirski, Svenja Doering,
Gaby Jungkeit, Silke Reimers

# Inhaltsverzeichnis

**Das bedeuten diese Zeichen:**

Ich bearbeite die Aufgabe in meinem Schreibheft.

Ich nehme den Text unter die Lupe.

**So kannst du die QR-Codes verwenden:**

Anforderungsbereiche: 1 2 3

• Sprachbuch (SB)
• interaktive Übungen

Kompetenzen der Seite

Kompetenzbereich

## Nomen kennen

1. Kreise die Nomen ein.

| | | | | |
|---|---|---|---|---|
| FREI | TUCH | SCHWIMMT | APFEL | HUT |
| ROCK | BANK | LIEBT | ZAHN | SCHRANK |
| SAGT | STUHL | KORB | LANGWEILIG | HAND |
| RAD | HOFFT | SCHATZ | NEBEN | ZUG |

2. Schreibe die Nomen aus 1 mit dem Schiebewort **kleine** auf.

das kleine Tuch,

3. Bilde die Mehrzahl der Nomen aus 1. Markiere den veränderten Vokal.

Tücher,



sprachliche Begriffe kennen und anwenden: Nomen (Substantiv) kennen; Einzahl (Singular) und Mehrzahl (Plural) kennen; Rechtschreibstrategien anwenden: Nomen großschreiben

• SB, S. 10
• C 3

## Abstrakte Nomen kennen

1 Ordne die Nomen nach den Oberbegriffen. Schreibe sie auf.

| | | | | | |
|---|---|---|---|---|---|
| Lehrerin | Tablet | Spinne | Gras | Känguru | Montag |
| Langeweile | März | Mütze | Kind | August | Flasche |
| Mut | Tanne | Sonntag | Knospe | Glück | Förster |
| Mittwoch | Eule | Angst | Katze | Wurzel | Mappe |
| Januar | Freund | Freude | Becher | Dezember | Dienstag |

Menschen: Lehrerin,

Tiere:

Pflanzen:

Dinge:

Gefühle/Gedanken:

Monate:

Wochentage:

## Nomen mit heit, keit, ung kennen und bilden

1. Markiere die Wortbausteine heit, keit und ung in den Nomen.

| | | |
|---|---|---|
| Sauberkeit | Ängstlichkeit | Höflichkeit |
| Gesundheit | Zufriedenheit | Gemeinheit |
| Ordnung | Hoffnung | Beratung |

2. Bilde Nomen aus den Wörtern. Nutze die Wortbausteine heit und keit.

| | | |
|---|---|---|
| krank | sicher | neu |
| faul | trocken | dunkel |

| | | |
|---|---|---|
| fähig | übel | ewig |
| ähnlich | eitel | höflich |

| heit | keit |
|---|---|
| Krankheit | |
| | |
| | |
| | |
| | |
| | |

3. Bilde Nomen aus den Wörtern. Nutze den Wortbaustein ung.

| | | | | | |
|---|---|---|---|---|---|
| lesen | rechnen | bedeuten | trennen | melden | erfahren |

Lesung,



Sprache untersuchen — sprachliche Strukturen kennen und anwenden: Wortbausteine -ung, -heit, -keit kennen, Möglichkeiten der Wortbildung kennen; Rechtschreibstrategien anwenden: Nomen großschreiben

• SB, S. 12
• C 5

## Zusammengesetzte Nomen kennen

1. Unterstreiche das Bestimmungswort und das Grundwort.

| | | |
|---|---|---|
| die Zahnbürste | das Gartenhaus | der Obstbaum |
| die Saftflasche | das Stuhlbein | der Wäschekorb |

2. Aus welchen Nomen bestehen die zusammengesetzten Nomen in 1. Schreibe sie mit Artikel auf.

die Zahnbürste = der Zahn + die Bürste

3. Bilde zusammengesetzte Nomen mit dem Grundwort **Ball**.

4. Unterstreiche das Grundwort. Schreibe den richtigen Artikel auf.

| | | |
|---|---|---|
| der Füllerdeckel | ___ Windhund | ___ Haustier |
| ___ Blumenerde | ___ Regalbrett | ___ Mathelehrer |
| ___ Apfelkern | ___ Fensterbank | ___ Buchseite |
| ___ Regenschirm | ___ Gartenhaus | ___ Meerschweinchen |

• SB, S. 13
• C 6

sprachliche Begriffe und Strukturen kennen und anwenden: zusammengesetzte Nomen (Substantive) kennen; Grund- und Bestimmungswort kennen, Möglichkeiten der Wortbildung kennen

## Wörter mit silbentrennendem h mitsprechen

1. Schwinge die Wörter. Markiere **h**.

| Schuhe | Rehe | Zehen | leihen | mähen | wiehern |
|---|---|---|---|---|---|

2. Schwinge die Wörter. Schreibe sie auf. Markiere **h**.

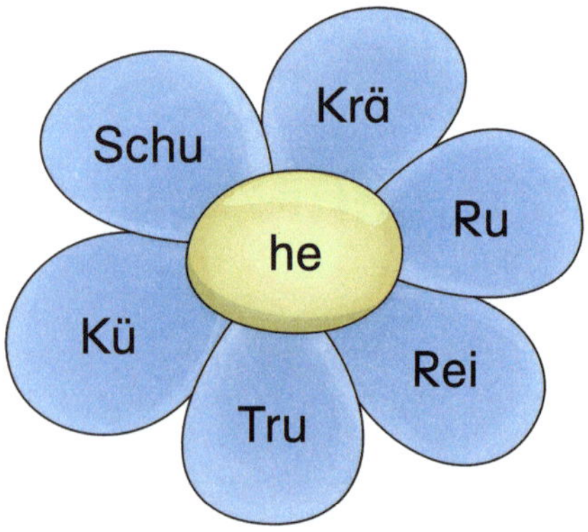


Schuhe, ______________________

______________________

______________________

3. Schwinge die Verben. Setze passend ein.

wehen ziehen ~~sehen~~ glühen mähen wiehern fliehen blühen

Am Himmel sehen wir viele Wolken.

Auf der Wiese ______________ viele Blumen.

Die Tiere ______________ vor dem Feuer.

Die Kohlenstücke ______________ im Grill.

Die Fahnen ______________ im Wind.

Die Pferde ______________ die Kutsche.

Die Nachbarn ______________ die Wiese.

Die Ponys ______________ zur Begrüßung.

rechtschriftliche Kenntnisse anwenden: Wörter mit silbentrennendem h schreiben; Rechtschreibstrategien anwenden: Mitsprechen

- SB, S. 14
- C 7

## Wörter mit silbentrennendem h weiterschwingen

1 Verbinde.

| Schuh | Reh | nah | Zeh | Kuh | Floh | froh |
|---|---|---|---|---|---|---|
| Rehe | nahe | Schuhe | Flöhe | frohe | Zehen | Kühe |

2 Markiere die Aufpass-Stelle. Schwinge weiter.

Paul geht meist gern zur Schule. gehen

Ali steht vor dem Haus.

Mama mäht den Rasen.

Opa ruht auf dem Sofa.

Salome leiht Clara einen Stift.

3 Unterstreiche die Verben. Markiere **h**. Schwinge weiter.

Cedrics Stirn glüht vom Fieber. glühen

Die Orchidee blüht endlich wieder.

Lara zieht einen Bollerwagen.

Mein Onkel näht schöne Kleider.

Das Wasser droht überzulaufen.

Ole dreht das Glücksrad.

Das Reh flieht in den Wald.

Die Kuh muht auf der Weide.

## Wörter mit vokalisiertem r schreiben

1. Schreibe die Verben in der Wir-Form und in der Er-Form auf. Markiere r.

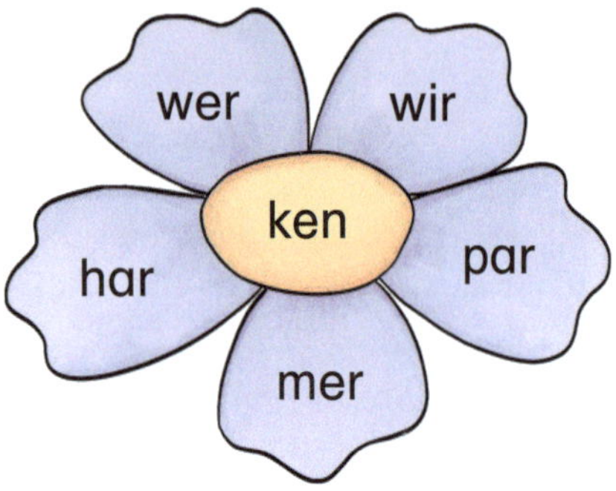


wir werken – er werkt

2. Schreibe die Wörter. Markiere r.

Förster

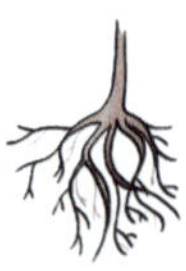

3. Schreibe die Wörter. Markiere r.

   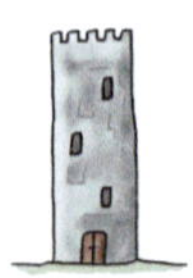  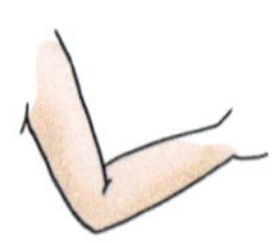

Wurm,

## Wörter nach Sprechsilben trennen

(1) Lies die Wörter. Setze Silbenbögen.

Schranktür August Eulenei töpfern klettern beeilen kämpfen
schützen Rutsche Helme Leiter sausen Baumkrone festhalten

(2) Schreibe die Wörter aus (1) mit Trennstrichen auf.

Schrank-tür,

(3) Schreibe die Sätze ab. Achte auf das Zeilenende.

Im Kletterpark schützen wir uns mit Helmen und Klettergurten.
Wir können an einer Seilrutsche nach unten sausen.
Es gibt auch steile Leitern, die zu einer Plattform führen.



rechtschriftliche Kenntnisse anwenden: Wörter nach Sprechsilben am Zeilenende trennen; Rechtschreibstrategien anwenden: Mitsprechen

## Eine Geschichte überarbeiten

(1) Lies die Geschichte.

<u>Der Ausflug</u>

Ausflug
Letzte Woche unternahmen wir einen ⋎ mit
den Ponys Wir ritten in einer Reihe
hintereinander. Plötzlich überholte uns Saras
Pony ohne Reiterin Wir fingen das ein
Sara streifte einen Ast. Deshalb rutschte aus
dem Sattel Zum Glück ist nichts passiert
Erleichtert halfen wir ihr wieder in den Sattel.
Gemeinsam ritten zurück zum Hof

(2) Was ist im Text aus (1) gut gelungen? Was ist nicht gelungen? Kreuze an.

| |  |  |
|---|---|---|
| sinnvolle Reihenfolge | | |
| passende Überschrift | | |
| vollständige Sätze | | |
| Satzschlusszeichen | | |

(3) Überarbeite den Text in (1).

(4) Finde eine andere Überschrift zu der Geschichte aus (1).



Texte überarbeiten: Kriterien für die Überarbeitung nutzen, eigene Texte überarbeiten; Arbeitstechniken anwenden: Texte auf Richtigkeit überprüfen (Textlupen)

• SB, S. 18, 19
• C 11, 12

## Wörter mit silbentrennendem h weiterschwingen

1. Untersuche die Wörter.

| Grundwortschatz | | |
|---|---|---|
| die Kuh | ↷ | ↑ |
| der Schuh | | |
| das Reh | | |
| der Zeh | | |
| er geht | | |

| Grundwortschatz | |
|---|---|
| er zieht | |
| sie steht | |
| es blüht | |
| nah | |
| früh | |

2. Schwinge die Kari-Wörter weiter.

die Kühe – die Kuh, ______

______

______

3. Schwinge die Bu-Wörter weiter. Setze sie ein.

| | |
|---|---|
| früh | Am ______ Morgen verlässt Kari das Haus. |
| zieht | Am Himmel ______ dicke Wolken vorbei. |
| blüht | Die Blumen werden nicht mehr lange ______. |
| steht | Die Kühe ______ auf der Weide |
| nah | am ______ Zaun. |

4. Warum haben diese Nomen ein **h** im Wort? Erkläre.

Kuhfladen Rohbau

## Nomen und zusammengesetzte Nomen kennen

1. Welche Wörter sind Nomen? Kreise sie ein.

| | | | | |
|---|---|---|---|---|
| GARTEN | LECKER | KAUFT | GLÜCK | JUNI |
| FRAGT | ZWISCHEN | UHR | ZAHN | ANGST |

2. Schreibe die Nomen aus 1 mit Artikel und Schiebewort auf.

3. Bilde zusammengesetzte Nomen. Unterstreiche das Grundwort.

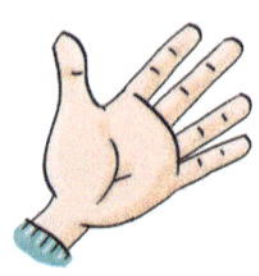 +  =

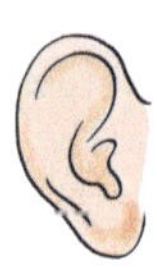 +  =

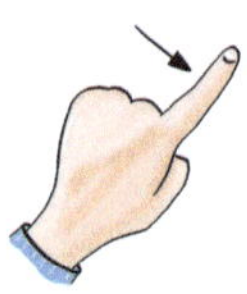 +  =

 + 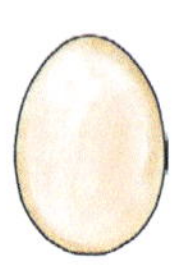 =



Inhalte des Kapitels wiederholen, eigenen Lernstand reflektieren

• SB, S. 21

# Das kann ich

## Wörter mit vokalisiertem r schreiben

1 Schreibe die Wörter ab. Markiere r.

| Farbe | Marke | Garten | Markt | hart | klar |
|---|---|---|---|---|---|
| arbeiten | warten | stark | warm | scharf | sogar |

2 Schreibe die Wörter. Markiere r.

3 Schreibe Sätze mit den Verben.

antworten | lernen | merken | turnen

## Personalpronomen kennen

1 Lies die Sätze. Unterstreiche die Personalpronomen.

Marco versorgt die Schweine.
Nele striegelt den Esel.
Marco und Nele füttern die Ziegen.
Nele und ich frühstücken.

Er versorgt die Schweine.
Sie striegelt den Esel.
Sie füttern die Ziegen.
Wir frühstücken.

2 Ersetze die unterstrichenen Wörter durch Personalpronomen.

Die Tierpflegerin säubert das Gehege. Sie säubert das Gehege.

Der Tierpfleger füttert die Rehe. ______ füttert die Rehe.

Die Kinder beobachten die Tiere. ______ beobachten die Tiere.

Das Mädchen macht Fotos. ______ macht Fotos.

Ina und ich bestaunen die Lamas. ______ bestaunen die Lamas.

3 Lies die Sätze. Setze passende Personalpronomen ein.

Die Rehe leben im Wald. Sie teilen ihr Gehege mit Hirschen.

Das Schwein wälzt sich im Schlamm.

______ nimmt ein Bad.

Der Greifvogel kreischt laut. ______ wartet auf sein Futter.

Die Tierpflegerin beobachtet die Lamas. ______ sucht ein Tier.

## Regelmäßige Verben im Präsens bilden

1. Verbinde die Personalpronomen und die Personalformen der Verben.

| ich | ihr | wir | sie | es | du | er | sie |
|---|---|---|---|---|---|---|---|
| sucht | suchen | suche | sucht | suchst | sucht | sucht | suchen |

2. Schreibe die Verben in allen Personalformen auf.

| **legen** | | **fliegen** | | **trinken** | |
|---|---|---|---|---|---|
| ich | lege | ich | | ich | |
| du | | du | | du | |
| er | | sie | | es | |
| wir | | wir | | wir | |
| ihr | | ihr | | ihr | |
| sie | | sie | | sie | |

| **sagen** | | **riechen** | | **denken** | |
|---|---|---|---|---|---|
| ich | | ich | | ich | |
| du | | du | | du | |
| er | | sie | | es | |
| wir | | wir | | wir | |
| ihr | | ihr | | ihr | |
| sie | | sie | | sie | |

## Unregelmäßige Verben im Präsens bilden

1 Was gehört zusammen? Kreise in derselben Farbe ein.

| wissen | nehmen | sehen | haben | werden | fressen |
|---|---|---|---|---|---|
| sie hat | er nimmt | er frisst | es sieht | es wird | sie weiß |

| geben | essen | lesen | dürfen | können | wollen |
|---|---|---|---|---|---|
| er isst | sie liest | es darf | sie will | er gibt | es kann |

2 Bilde die Er-Form der unregelmäßigen Verben.

| | | | |
|---|---|---|---|
| tragen | er trägt | fallen | |
| helfen | | mögen | |
| werden | | lassen | |
| braten | | halten | |

3 Schreibe die Verben in allen Personalformen auf.

| sein | | laufen | | geben | |
|---|---|---|---|---|---|
| ich | | ich | | ich | |
| du | | du | | du | gibst |
| er | | sie | läuft | es | |
| wir | | wir | | wir | |
| ihr | seid | ihr | | ihr | |
| sie | | sie | | sie | |



sprachliche Strukturen kennen und anwenden: Personalformen von Verben (unregelmäßig) kennen und anwenden; Möglichkeiten der Wortbildung nutzen (Wortbausteine)

• SB, S. 28
• C 16, 17

## Wortbausteine von Verben kennen

1 Bilde mit den vorangestellten Wortbausteinen neue Verben. Schreibe auf.

| vor | ab | ein | fahr | en |
|---|---|---|---|---|
| ver | auf | über | | |

vorfahren,

2 Schreibe den Text ab. Setze den passenden Wortbaustein ein.

Oma möchte Proviant weg / ein packen.

Mama möchte sich den Weg aus / an schauen.

Steffen will sein Geld für Futter ab / aus geben.

3 Setze die Verben ein.

| | |
|---|---|
| mitkommen | Opa kommt auch zum Tierpark ____. |
| abstellen | Mama ____ das Auto auf dem Parkplatz ____. |
| bezahlen | Oma ____ den Eintritt für alle. |
| einkaufen | Steffen ____ drei Tüten Tierfutter ____. |

## Wörter weiterschwingen

① Schwinge die Nomen weiter.

| | ↝ | Wort |
|---|---|---|
|  | Kinder | Kind |
|  | | |
|  | | |
|  | | |
|  | | |

② Schwinge die Verben weiter.

| | | | |
|---|---|---|---|
| er schen$^{k}_{\not g}$t – | wir schenken | sie lo$^{p}_{b}$t – | |
| es flie$^{k}_{g}$t – | | sie sä$^{k}_{g}$t – | |
| er blei$^{p}_{b}$t – | | es pie$^{p}_{b}$t – | |
| es fra$^{k}_{g}$t – | | es hu$^{p}_{b}$t – | |

③ Schwinge die Adjektive weiter.

| | |
|---|---|
| Der Ball ist run$^{\not t}_{d}$. | der runde Ball – rund |
| Das Dach ist schrä$^{k}_{g}$. | |
| Das Kind ist klu$^{k}_{g}$. | |
| Der Junge ist blon$^{t}_{d}$. | |
| Die Katze ist lie$^{p}_{b}$. | |



rechtschriftliche Kenntnisse anwenden: Wörter mit Auslautverhärtung (t/d, k/g, p/b) schreiben;
Rechtschreibstrategien anwenden: Weiterschwingen

• SB, S. 30
• C 19

## Wörter mit ß und s weiterschwingen

1 **ß** oder **s**? Schwinge die Nomen weiter.

der Gru ß – die

der Klo ___ –

der Prei ___ –

2 **ß** oder **s**? Schwinge die Verben weiter.

sie bei ___ t – wir

er nie ___ t –

sie grü ___ t –

3 **ß** oder **s**? Schwinge weiter.

In den Ferien rei ___ t er zu seinen Großeltern.

Das Kind rei ___ t das Papier in Stücke.

Faruk gie ___ t die Blumen mit der Kanne.

Das Gra ___ ist grün.

Salome lie ___ t ein spannendes Buch.

4 Schreibe die Nomen auf.

 Spieß

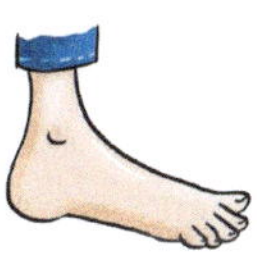

## Ein Rezept schreiben und überarbeiten

(1) Lies die Anweisungen für gebackene Apfelringe.

1. Äpfel schälen
2. Kerngehäuse entfernen
3. Äpfel in Ringe schneiden
4. Mehl, Milch, Eier und Zucker verrühren
5. Apfelscheiben im Teig wenden
6. Apfelringe in einer Pfanne mit Öl goldbraun braten

(2) Nummeriere die Satzanfänge für ein Rezept nach ihrer zeitlichen Reihenfolge.

| | | |
|---|---|---|
| ☐ Anschließend | ☐ Zum Schluss | ☐ Danach |
| 1 Zuerst | ☐ Nun | ☐ Schließlich |

(3) Überarbeite die Anweisungen aus (1).
Schreibe das Rezept für gebackene Apfelringe mit passenden Satzanfängen in vollständigen Sätzen.

Rezept für gebackene Apfelringe
Zutaten: 3 Äpfel, 150 g Mehl, 125 ml Milch, 2 Eier, 40 g Zucker, Öl
Material: Messer, Schneidebrett, Schüssel, Pfanne, Pfannenwender

Zuerst schäle ich



Texte schreiben: Rezept nach Mustern schreiben; Texte überarbeiten: Kriterien für die Überarbeitung nutzen; Arbeitstechniken anwenden: Texte auf Richtigkeit überprüfen (Textlupen)

• SB, S. 32, 33
• C 21, 22

## Wörter mit ß und s weiterschwingen

(1) Untersuche die Wörter.

| Grundwortschatz | | |
|---|---|---|
| der Spaß | ↪ | ↑ |
| der Fuß | | |
| der Gruß | | |
| der Strauß | | |
| das Gras | | |

| Grundwortschatz | |
|---|---|
| er beißt | |
| sie gießt | |
| er heißt | |
| es fließt | |
| sie liest | |

(2) Schwinge die Kari-Nomen weiter.

die Späße – der Spaß,

(3) Schwinge die Bu-Verben weiter. Setze sie ein.

| | |
|---|---|
| liest | Kari und Bu ______ in einem Lexikon. |
| gießt | Rosen soll man nicht von oben ______. |
| beißt | Viele Tiere können heftig ______. |
| heißt | Manche Fledermäuse ______ auch Vampire. |
| fließt | Kann Wasser bergauf ______? |

(4) **ß** oder **s**? Setze ein.
Begründe.

Flei___arbeit

Na___horn

# Das kann ich

## Personalformen von Verben im Präsens bilden

1 Was gehört zusammen? Kreise in derselben Farbe ein.

| mögen | halten | sehen | haben | werden | fressen |
|---|---|---|---|---|---|
| du hast | du hältst | du magst | du frisst | du siehst | du wirst |

| geben | essen | lesen | dürfen | können | messen |
|---|---|---|---|---|---|
| du isst | du liest | du darfst | du misst | du gibst | du kannst |

2 Welcher Wortbaustein passt? Schreibe auf.

Am Freitag darf Kari im Tierheim aus/an helfen. ______

Er soll einem Hund das Halsband unter/an legen. ______

Danach will er den Müll an/weg bringen. ______

Er muss auch das Wasser aus/vor tauschen. ______

3 Setze die trennbaren Verben ein.

| | |
|---|---|
| hochklettern | Das Eichhörnchen ______ am Stamm ______. |
| ausgraben | Ein Hund ______ seinen Knochen ______. |
| einsammeln | Die Biene ______ Nektar ______. |
| auflockern | Die Regenwürmer ______ die Erde ______. |



Inhalte des Kapitels wiederholen, eigenen Lernstand reflektieren

• SB, S. 35

# Das kann ich

## Wörter weiterschwingen

1. Markiere die Aufpass-Stelle. Schwinge die Nomen weiter.

| | |
|---|---|
| Freund – ______ | Bild – ______ |
| Kleid – ______ | Hemd – ______ |
| Zweig – ______ | Weg – ______ |
| Korb – ______ | Kalb – ______ |

2. Schwinge die Verben weiter.

| | |
|---|---|
| er zei(k/g)t – ______ | es lie(p/b)t – ______ |
| es schwei(k/g)t – ______ | sie rei(p/b)t – ______ |
| er bewe(k/g)t – ______ | er hu(p/b)t – ______ |
| sie pfle(k/g)t – ______ | er glau(p/b)t – ______ |

3. Schwinge die Adjektive weiter.

Die Paprika ist gel(p/b). ______

Die Nuss ist har(t/d). ______

Meine Nase ist wun(t/d). ______

Das Wetter ist heute blö(t/d). ______

Kari ist leider kran(k/g). ______

Der Kreis ist run(t/d). ______

## Perfekt kennen

1 Unterstreiche die Verbformen. Ordne die Sätze der richtigen Zeitform zu. Male an: Präsens oder Perfekt.

| | |
|---|---|
| ◯ Mama hat Tee gekocht. | ◯ Mama kocht Tee. |
| ◯ Du malst ein Bild. | ◯ Du hast ein Bild gemalt. |
| ◯ Er hat im Sand gespielt. | ◯ Er spielt im Sand. |

2 Bilde die Perfektformen von **laufen** und **sehen**. Ergänze die richtigen Formen von **sein** und **haben**.

| **laufen** | | **sehen** | |
|---|---|---|---|
| ich | bin gelaufen | ich | habe gesehen |
| du | ______ gelaufen | du | ______ gesehen |
| er | ______ gelaufen | es | ______ gesehen |
| wir | ______ gelaufen | wir | ______ gesehen |
| ihr | ______ gelaufen | ihr | ______ gesehen |
| sie | ______ gelaufen | sie | ______ gesehen |

3 Unterstreiche die Verben. Schreibe die Sätze im Perfekt auf.

Ich fahre zu meiner Tante. Zum Frühstück kocht sie Eier.

Dazu essen wir Brötchen.

## Perfekt bilden

1 Schreibe die Verben im Perfekt auf.

| | **lesen** | | **gehen** |
|---|---|---|---|
| ich | habe gelesen | ich | bin gegangen |
| du | | du | |
| er | | es | |
| wir | | wir | |
| ihr | | ihr | |
| sie | | sie | |

2 Ergänze die Sätze im Perfekt.

| | |
|---|---|
| wachsen | Im Garten sind große Kürbisse gewachsen. |
| kochen | Papa ____ daraus Suppe ____. |
| schneiden | Die Kinder ____ das Gemüse ____. |
| rollen | O nein, die Zwiebel ____ unter den Schrank ____. |
| spielen | Die Katze ____ damit ____. |
| holen | Mama ____ eine neue Zwiebel ____. |
| decken | Sie ____ den Tisch ____. |
| kommen | Alle ____ zum Abendessen ____. |
| schmecken | Die Suppe ____ allen ____. |

• SB, S. 41
• C 24

# Wörter mit Doppelkonsonanten, ck und tz mitsprechen

1. Setze Silbenbögen.

| | | | | |
|---|---|---|---|---|
| putzen | heizen | drücken | pauken | rollen |
| rennen | staunen | räumen | kommen | holen |

2. Schreibe die Verben aus 1 in die Tabelle.

| erste Silbe offen | erste Silbe geschlossen |
|---|---|
| | putzen |
| | |
| | |
| | |
| | |

3. Schreibe die Nomen auf.

Wecker

rechtschriftliche Kenntnisse anwenden: Wörter mit Doppelkonsonanz, ck, tz schreiben; Rechtschreibstrategien anwenden: Mitsprechen

• SB, S. 42
• C 25, 26

## Wörter mit Doppelkonsonanten weiterschwingen

① Schwinge die Nomen weiter.

| | | Wort |
|---|---|---|
|  | Nüsse | Nuss |
|  | | |
|  | | |
|  | | |
|  | | |

② Schwinge die Adjektive weiter.

Der Witz ist to l/ll. – der tolle Witz – toll

Der Eimer ist vo l/ll. –

Der Fisch ist stu m/mm. –

Der Stock ist kru m/mm. –

Das Tier ist fau l/ll. –

③ Schwinge die Verben weiter.

es bru m/mm t wir brummen

sie brü l/ll t

er räu m/mm t

es ro l/ll t

sie su m/mm t

er spü l/ll t

• SB, S. 43
• C 27

rechtschriftliche Kenntnisse anwenden: Wörter mit Doppelkonsonanz schreiben; Rechtschreibstrategien anwenden: Weiterschwingen

## Wörter mit ck und tz weiterschwingen

1. Schwinge die Nomen weiter.

| | | Wort |
|---|---|---|
| 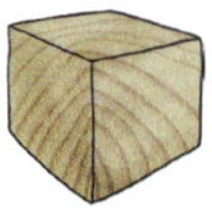 | Klötze | Klotz |
|  | | |
|  | | |
|  | | |
|  | | |

2. Markiere **ck** und **tz**. Schwinge die Adjektive weiter.

Das Seil ist dick. – das dicke Seil – dick

Der Pulli ist schick. –

Der Nagel ist spitz. –

3. Markiere **ck** und **tz**. Schwinge die Verben weiter.

| | | | |
|---|---|---|---|
| sie weckt | wir wecken | er putzt | |
| er strickt | | es schwitzt | |
| es steckt | | sie schützt | |
| sie packt | | sie schnitzt | |
| er schickt | | es blitzt | |



**Richtig schreiben** rechtschriftliche Kenntnisse anwenden: Wörter mit ck, tz schreiben; Rechtschreibstrategien anwenden: Weiterschwingen

- SB, S. 44
- 28, 29

## Merkwörter mit Dehnungs-h schreiben M

1 Finde fünf weitere Wörter. Schreibe sie auf. Markiere die Aufpass-Stelle.

| Z | B | L | A | H | M | I | Ä |
|---|---|---|---|---|---|---|---|
| A | X | G | U | Y | Ö | X | J |
| H | C | M | L | E | H | M | V |
| M | Y | B | O | H | R | E | N |
| S | T | Ö | H | N | E | N | Q |

lahm, ____________________

____________________

____________________

2 Schreibe Wortfamilien mit den Wortstämmen.

FÜHL : ____________________

____________________

RÜHR : ____________________

____________________

3 Setze die Pronomen richtig ein.

Sara findet ihre Brille nicht.
Sie schaut in ________ Ranzen nach.
Dort ist ________ guter Bleistift. Sara bittet Micha
um Hilfe. Er sucht nach ________ Brille.
Micha öffnet ________ Turnbeutel.
Schnell findet er ________ Brille.
Die Brille liegt in ________ Turnschuh.

ihr
~~ihre~~
ihre
ihrer
ihrem
ihrem
ihren

rechtschriftliche Kenntnisse anwenden: Wörter mit Dehnungs-h schreiben; Rechtschreibstrategien anwenden: Merken

## Eine E-Mail überarbeiten

(1) Lies die E-Mail.

E-Mail

Von: pauline@bukow.de

Betreff: Brieffreundschaft

Antwort

Liebe Carlotta,

vielen Dank für deinen Brief. Ich habe mich ser gefreut.

Wir wonen in einem Dopelhaus. Am liebsten spiele ich

mit meinen Freundinnen draußen im Garten oder fare Fahrrad.

Ich kan auch richtig gut schwimen.

Ein Pfannkuchen mit Apfelmus schmekt mir am besten.

Ich darf immer den Teig rüren. Was ist dein Lieblingsessen?

Ich freue mich auf deine Antwort.

Deine Pauline

(2) Schreibe die unterstrichenen Wörter aus (1) richtig auf.
Markiere die Aufpass-Stellen. Male den passenden Stern.

(3) Überarbeite den Text in (1).
Achte auf die Rechtschreibung der unterstrichenen Wörter.

## Merkwörter mit Dehnungs-h schreiben

1 Untersuche die Wörter.

| Grundwortschatz | | |
|---|---|---|
| die Zahl | M | ↑ |
| das Jahr | | |
| die Höhle | | |
| das Ohr | | |
| die Uhr | | |

| Grundwortschatz | | |
|---|---|---|
| der Zahn | | |
| rühren | | |
| wohnen | | |
| fühlen | | |
| fahren | | |

2 Schreibe die Kari-Nomen in verschiedenen Farben und Formen.

Zahl

3 Setze die Bu-Wörter ein.

Kari und Bu ______ einen Kuchenteig.

Sie ______ mit dem Kuchen in den Urlaub.

Unterwegs ______ sie in einer Höhle.

Dort liegt ein riesiger ______.

Deshalb ______ sie sich nicht wohl.

4 Welches **h** kannst du erklären? Begründe.

Nah**v**erke**h**r — Fa**h**rba**h**n

## Perfekt bilden

1. **haben** oder **sein**? Verbinde.

| | | |
|---|---|---|
| gelacht | | gesehen |
| geflogen | ich habe | gefragt |
| gehüpft | | gelernt |
| gekrabbelt | | geträumt |
| gelandet | ich bin | gewandert |
| gewusst | | gereist |

2. Setze die Verben im Perfekt ein.

| | |
|---|---|
| fahren | Familie Kim ______ in den Urlaub ______. |
| essen | Nach der Fahrt ______ sie zu Mittag ______. |
| kochen | Mama ______ Nudeln mit Soße ______. |
| wandern | Dann ______ alle durch den Wald ______. |
| sammeln | Paul ______ viele Kastanien ______. |
| klettern | Seine Schwester ______ auf Bäume ______. |

3. Bilde mit den Verben Sätze im Perfekt. schreiben rennen

______

______



Inhalte des Kapitels wiederholen, eigenen Lernstand reflektieren

• SB, S. 49

## Merkwörter mit Dehnungs-h schreiben

① Kreise die fünf Wortfamilien in verschiedenen Farben ein.

| | | | |
|---|---|---|---|
| kühl | bezahlt | eingerahmt | Lehrer |
| Zahl | belehrt | verkühlt | Holzrahmen |
| gezählt | Fehltage | Kühlschrank | verfehlen |
| Fehler | umrahmen | Lehrerin | eisgekühlt |
| gefehlt | Bilderrahmen | Lehre | verzählen |

② Schreibe die Wörter aus ① geordnet auf. Markiere h.

KÜHL:

ZAHL:

RAHM:

LEHR:

FEHL:

## Satzarten und Satzschlusszeichen kennen

1. Unterstreiche Aussagesatz, Fragesatz, Ausrufesatz und Aufforderungssatz.

Wo ist mein Lesebuch? Ich habe es nicht gesehen.
Ach, da liegt es ja! Gib es mir bitte! Ich danke dir.

2. Setze passende Satzschlusszeichen.
Schreibe die Sätze richtig ab.

gib mir bitte mein Freundschaftsbuch zurück! du hast es schon eine Woche ich habe das Buch verloren das darf doch nicht wahr sein es tut mir so leid wo hast du es verloren hier in der Schule das Buch war plötzlich weg lass es uns gemeinsam suchen

Gib mir bitte mein Freundschaftsbuch
zurück! Du

3. Unterstreiche die Satzarten in deinem Text aus 2 farbig.



sprachliche Strukturen kennen und anwenden: Satzarten kennen (Aussagesatz, Fragesatz, Ausrufesatz, Aufforderungssatz), Satzschlusszeichen nutzen (Punkt, Fragezeichen, Ausrufezeichen)

• SB, S. 54
• C 32, 33

## Wörtliche Rede kennen

1 Unterstreiche den Redebegleitsatz und die wörtliche Rede.

Lisa sagt: „Ich möchte heute mein Buch vorstellen.“

Frau Merk antwortet: „Ich habe das für die zweite Stunde geplant.“

2 Setze die Zeichen der wörtlichen Rede ein. Unterstreiche den Redebegleitsatz und die wörtliche Rede.

Frau Merk sagt: „Lisa, du kannst jetzt dein Buch vorstellen.“

Lisa erklärt Ich stelle euch das Buch **Die Schlotters** vor.

Lisa ergänzt Das Buch hat Anja Ackermann geschrieben.

Lisa erzählt Die Bilder im Buch hat Cornelia Haas gezeichnet.

3 Schreibe die Sprechblasen mit Redebegleitsatz und wörtlicher Rede auf. Unterstreiche.

Papa erklärt : ______

Mama sagt ______

Cleo ruft ______



sprachliche Strukturen kennen und anwenden: wörtliche Rede und vorangestellten Redebegleitsatz kennen, Satzzeichen nutzen (Doppelpunkt, Redezeichen)

## Ein Wortfeld für Redebegleitsätze nutzen

① Welche Verben gehören zum Wortfeld **sagen**? Unterstreiche.

| | | | | |
|---|---|---|---|---|
| rufen | meinen | antworten | flüstern | erklären |
| erzählen | schleichen | klagen | humpeln | behaupten |
| blinzeln | bitten | winken | fragen | murmeln |

② Setze passende Verben aus dem Wortfeld **sagen** und die Zeichen der wörtlichen Rede ein.

Samara berichtet: „Ich lese jeden Abend im Bett."

Oma ________ Soll ich dir etwas vorlesen?

Opa ________ Hat jemand meine Lesebrille gesehen?

Papa ________ Schau bitte in den Briefkasten!

Mama ________ Lies mal diese Postkarte!

③ Schreibe die Sprechblasen mit Redebegleitsatz und wörtlicher Rede auf. Unterstreiche.

Oma ____________________________________________

________________________________________________

________________________________________________

________________________________________________



sprachliche Strukturen kennen und anwenden: wörtliche Rede und vorangestellten Redebegleitsatz nutzen, Satzzeichen nutzen (Doppelpunkt, Redezeichen), Wortfeld *sagen* nutzen

• SB, S. 56
• C 35

## Wörtliche Rede nutzen

1. Setze die Satzschlusszeichen und die Zeichen der wörtlichen Rede ein.

Niklas fragt Jamal: „Wollen wir uns heute verabreden?"

Jamal antwortet Ja, wenn ich meine Hausaufgaben

fertig habe Niklas schlägt vor Lass uns das

zusammen machen Jamal meint Tolle Idee

2. Schreibe die Sprechblasen mit Redebegleitsatz und wörtlicher Rede auf. Unterstreiche.

Momo

## Wörter mit Ä/ä ableiten

1 Kreise die verwandten Wörter in derselben Farbe ein.

| Blätter | Tänzer | lächeln | Zähler | Männer | Bälle | Stärke |
|---|---|---|---|---|---|---|
| lachen | Blatt | tanzen | stark | Zahl | Mann | Ball |

2 Leite ab. Schreibe das verwandte Verb mit **a** auf.

| Gemälde | Träger | Gefälle | Wäsche | Rätsel | Bäcker | Gefängnis |
|---|---|---|---|---|---|---|

Gemälde – malen,

3 Leite ab. Schreibe das verwandte Nomen mit **a** auf.

| einfärben | Gräser | Ärmel | schädlich | schätzen | nähen |
|---|---|---|---|---|---|
| kämmen | schälen | stämmig | ärztlich | Strände | ernähren |

Farbe,

4 **e** oder **ä**? Überprüfe mit einem verwandten Wort und schreibe auf.

K___lte K___rze

Z___hne L___nder



Richtig schreiben — rechtschriftliche Kenntnisse anwenden: Wörter mit ä schreiben, verwandte Wörter finden; Rechtschreibstrategien anwenden: Ableiten

• SB, S. 58
• C 37

## Wörter mit äu ableiten

① Leite ab. Schreibe das verwandte Nomen mit **au** auf.

| | | | |
|---|---|---|---|
| Häuser | Haus | Schläuche | |
| Räume | | Räuber | |
| Träume | | Häute | |

② Leite ab. Schreibe das verwandte Verb mit **au** auf.

Geräusch Gebäude Verkäufer gläubig säuft enttäuscht Abläufe

rauschen,

③ **eu** oder **äu**? Überprüfe mit einem verwandten Wort.

| | | | |
|---|---|---|---|
| tr____men | r____chern | sch____men | r____men |
| B____le | l____ten | b____gen | L____te |
| s____bern | h____len | einz____nen | F____er |

④ Setze **eu** oder **äu** ein.

Immer muss ich mein Zimmer aufr____men.

Dabei warten doch meine Fr____nde auf mich.

Wir wollen h____te zusammen Kr____ter sammeln.

Das ist h____fig ein richtiges Abent____er.

• SB, S. 59
• C 38


rechtschriftliche Kenntnisse anwenden: Wörter mit ä und äu schreiben, verwandte Wörter finden; Rechtschreibstrategien anwenden: Ableiten

## Eine Geschichte überarbeiten

1. Welche Verben gehören zum Wortfeld **sagen**? Unterstreiche.

| rufen | erzählen | hüpfen | waschen | denken |
|---|---|---|---|---|
| schimpfen | rennen | meckern | kochen | begrüßen |
| flüstern | watscheln | wispern | berichten | duschen |
| behaupten | sitzen | überlegen | raunen | liegen |
| stottern | fragen | schreiben | stehen | schreien |

2. Nimm die folgende Geschichte unter die Lupe.
Achte auf die Zeichen der wörtlichen Rede und auf treffende Verben aus dem Wortfeld **sagen**.

Bu ~~sagt~~ ruft: „Was liest du da, Kari?“ Kari blickt aus seinem Buch hoch und sagt: Es ist ein Buch über Astronauten und das Weltall.“
Bu ist begeistert und sagt „Das ist toll! Wir sind auch Astronauten.“
Kari sagt: Da hast du Recht. Mit unserem Ufo waren wir schon im ganzen Weltall unterwegs.“ Er zeigt auf eine Seite im Buch und sagt: „Schau mal, die Astronauten haben ihre Schlafsäcke auch festgeschnallt, wie wir. Bu sagt: Ich liebe die Schwerelosigkeit.
Da kann man so tolle Saltos machen.“ Kari sagt „Ja, aber beim letzten Flug hast du dir einmal kräftig den Schnabel gestoßen.“
Bu reibt sich den Schnabel und sagt: Das tat richtig weh.
Seitdem mache ich nur ganz vorsichtig Saltos.“

## Wörter mit Ä/ä und äu ableiten

① Untersuche die Wörter.

| Grundwortschatz | | |
|---|---|---|
| die Ärzte | ↯ | ↑ |
| die Wärme | | |
| das Gepäck | | |
| das Gebäude | | |
| die Wände | | |

| Grundwortschatz | |
|---|---|
| er zählt | |
| sie läutet | |
| sie räumt | |
| es fängt | |
| erkältet | |

② Leite die Kari-Nomen ab.

die Ärzte – der Arzt, ____________

____________

____________

③ Leite die Bu-Wörter ab. Setze sie ein.

| | |
|---|---|
| fängt | Kari und Bu ______ Schneeflocken. |
| erkältet | Langsam wird es ihnen zu ______. |
| räumt | Schnell gehen sie in einen warmen ______. |
| läutet | Bu ruft ______, dass er mehr Schneeflocken hatte als Kari. |
| zählt | Doch Kari meint, 95 ist eine größere ______ als 12. |

④ Markiere die Aufpass-Stellen.
Erkläre.

Ärmellänge  ähnlich

• SB, S. 62

Rechtschreibstrategien anwenden: Ableiten, Großschreibung;
rechtschriftliche Kenntnisse anwenden: Funktionswörter schreiben;
Arbeitstechniken anwenden: Rechtschreibgespräch

Grundwortschatz

## Wörtliche Rede nutzen

1. Unterstreiche den Redebegleitsatz und die wörtliche Rede.

Clara fragt: „Darf ich heute mein neues Buch in der Klasse zeigen?“

Herr Tonte antwortet: „Das kannst du gleich machen.“

Clara jubelt: „Super!“

2. Setze die Zeichen der wörtlichen Rede ein. Unterstreiche den Redebegleitsatz und die wörtliche Rede.

Herr Tonte sagt  Ole, jetzt bist du an der Reihe!

Ole erklärt  Ich habe mein Buch leider vergessen.

Herr Tonte fragt  Wer von euch könnte stattdessen vorstellen?

Cleo schlägt vor  Ich kann das gern übernehmen.

3. Schreibe die Sprechblasen mit Redebegleitsatz und wörtlicher Rede auf. Unterstreiche.

Liest du gerne Comics?

Nein, ich lese lieber Krimis.


Inhalte des Kapitels wiederholen, eigenen Lernstand reflektieren
• SB, S. 63

## Wörter mit Ä/ä und äu ableiten

1. Setze **Ä/ä** oder **äu** ein.

In dem Garten stehen B____me und Str____cher.

Im Gemüsebeet jagt eine Katze zwei M____se.

In der Sandkiste liegen zwei B____lle.

Die Kinder stellen ihre R____der an den Zaun.

Zwei M____nner ernten ____pfel.

2. Leite ab.

| | | Wort |
|---|---|---|
| die Str(eu/äu)cher | | |
| die S(e/ä)fte | | |
| die Tr(eu/äu)me | | |
| die Bl(e/ä)tter | | |
| die B(eu/äu)che | | |
| die Kr(e/ä)fte | | |

3. Schreibe die Wörter auf.

 ____________  ____________

 ____________  ____________

• SB, S. 63

## Adjektive kennen

**1** Setze die Adjektive passend ein.

| grün | hart | lang | kaputt | laut | lecker |
|---|---|---|---|---|---|

Die Haare sind lang.
Der Boden ist ____.
Der Computer ist ____.
Die Musik ist ____.
Das Brot ist ____.
Der Frosch ist ____.

**2** Setze die Adjektive passend ein.

| klein | wild | nass | hell | schlau | rot |
|---|---|---|---|---|---|

die kleine Katze
das ____ Handtuch
der ____ Fuchs
die ____ Hose
das ____ Pferd
die ____ Rose

**3** Unterstreiche die Adjektive.

Der braune Hund sucht seinen leckeren Knochen. Zuerst sucht er in der kleinen Hütte. Er gräbt ein tiefes Loch im grünen Gras. Dort findet er einen bunten Ball. Der Ball ist alt und kaputt.

**4** Bilde Sätze mit den Adjektiven.

| klug | kurz | falsch |
|---|---|---|

____

____

____

## Adjektive mit ig und lich kennen

1. Markiere die Wortbausteine ig und lich.

| | | | | | |
|---|---|---|---|---|---|
| wichtig | schrecklich | ehrlich | mutig | richtig | herrlich |
| langweilig | fröhlich | ekelig | witzig | krümelig | möglich |
| sandig | gewöhnlich | ordentlich | niedlich | klebrig | kleinlich |

2. Bilde Adjektive mit dem Wortbaustein ig.

der Spaß spaßig — der Dreck ___

der Biss ___ — die Lust ___

3. Bilde Adjektive mit dem Wortbaustein lich.

der Frieden friedlich — das Glück ___

der Winter ___ — der Freund ___

4. Bilde Adjektive mit den Wortbausteinen ig und lich. Setze ein.

| | |
|---|---|
| Ärger | Ole ist ärgerlich. |
| Sport | Die ___ Sara war vorhin einfach zu stark. |
| Farbe | Ole hat Sara seine ___ Trinkflasche gegeben, |
| Durst | weil sie so ___ war. |
| Kraft | Dann hat Sara den Deckel ___ in die falsche Richtung gedreht. |
| Schuld | ___ fühlt sie sich aber nicht. |
| Witz | Sie findet es sogar ___. |

## Zusammengesetzte Nomen kennen

1 Schreibe die zusammengesetzten Nomen mit Artikel auf.

| | | |
|---|---|---|
| tief + die Garage | mager + der Quark | kühl + das Kissen |
| grün + der Kohl | frei + die Karte | blau + die Beere |
| schnell + die Straße | hoch + das Bett | klein + das Tier |

die Tiefgarage, ______

______

______

______

______

2 Setze zusammengesetzte Nomen aus 1 passend ein.

Papa fährt sein Auto in die Tiefgarage.

Ich stoße mich an meinem ______.

Oma legt mir ein ______ auf den Kopf.

Opa schenkt jedem eine ______ für den Zirkus.

3 Schreibe zusammengesetzte Nomen mit den Adjektiven.

| | | | |
|---|---|---|---|
| hoch | alt | groß | klein |

______

______



sprachliche Strukturen kennen und anwenden: zusammengesetzte Nomen (Adjektiv + Nomen) kennen, Möglichkeiten der Wortbildung kennen


• SB, S. 70
• 43, 44

## Zusammengesetzte Nomen kennen

1 Bilde zusammengesetzte Nomen.

| | |
|---|---|
| Ich putze mit einem **Lappen**. | Putzlappen |
| Wir schlafen in einem **Zimmer**. | |
| Du turnst in einer **Halle**. | |
| Er tanzt auf einer **Fläche**. | |
| Sie hüpft auf der **Burg**. | |

2 Bilde zusammengesetzte Nomen.

| | | |
|---|---|---|
| schauen + das Fenster | = | das Schaufenster |
| backen + der Ofen | = | |
| kochen + der Topf | = | |
| reißen + der Verschluss | = | |

3 Unterstreiche die zusammengesetzten Nomen und zerlege sie.

Ben geht heute ins Schwimmbad. Er packt seine Badehose in seinen Turnbeutel. Mama hat noch die Kühltasche mit Getränken gepackt. Dann steigt er auf sein Fahrrad und radelt los.

schwimmen + Bad,

## Zusammengesetzte Wörter weiterschwingen

1. Zerlege die zusammengesetzten Nomen.

Abend|essen  Handschellen  Korbsessel  Feldwege  Farbkasten

2. Zerlege die zusammengesetzten Nomen aus 1. Schwinge weiter.

Abende – Abendessen,

3. Zerlege die zusammengesetzten Nomen. Schwinge weiter.

| | | Wort |
|---|---|---|
| Rau p/b tier | wir rauben | Raubtier |
| Bin t/d faden | | |
| Schrei p/b plan | | |
| Schwe p/b fliege | | |
| Schla k/g zeug | | |

4. Zerlege die zusammengesetzten Nomen. Schwinge weiter.

Star k strom (k/g) — der starke Strom

Wil ___ schwein (t/d)

Frem ___ sprache (t/d)



Richtig schreiben

rechtschriftliche Kenntnisse anwenden: zusammengesetzte Nomen mit Auslautverhärtung (t/d, p/b, k/g) schreiben; Rechtschreibstrategien anwenden: Weiterschwingen

• SB, S. 72
• C 45, 46

## Zusammengesetzte Wörter weiterschwingen

1 Zerlege die zusammengesetzten Nomen. Schwinge weiter.

| | | Wort |
|---|---|---|
| Tri t/tt leiter | Tritte | Trittleiter |
| Ba l/ll junge | | |
| We t/tt kampf | | |
| Tre n/nn strich | | |

2 Zerlege die zusammengesetzten Nomen. Schwinge weiter. Setze **tz** ein.

| | | Wort |
|---|---|---|
| Si tz ecke | wir sitzen | Sitzecke |
| Pla ___ regen | | |
| Kra ___ bürste | | |
| Schu ___ brille | | |

3 Zerlege die zusammengesetzten Nomen. Schwinge weiter. Setze **ck** ein.

| | | Wort |
|---|---|---|
| Bli ck richtung | wir blicken | Blickrichtung |
| Stri ___ nadel | | |
| Lo ___ vogel | | |
| Ba ___ blech | | |

## Einen argumentierenden Text überarbeiten

1 Lies.

Liebe Schulleitung,

wir wünschen uns Lernspiele für unsere Klasse.

Lernspiele finden wir gut.

Sie sind sinnvoll.

Wir finden sie wichtig.

Sie sind nützlich.

Ihre Klasse 3a

2 Schreibe die Sätze aus 1 mit dem passenden Argument auf.

weil wir damit üben können.

weil Üben damit Spaß macht.

weil wir damit lernen, auch mal zu verlieren.

weil man damit gemeinsam lernen kann.

Lernspiele finden wir gut, weil



Texte überarbeiten: Texte auf Verständlichkeit und Wirkung überprüfen, Kriterien für die Überarbeitung nutzen; Arbeitstechniken anwenden: Texte auf Richtigkeit überprüfen (Textlupen)

• SB, S. 74, 75
• C 47

## Wörter mit Doppelkonsonanten und ck/tz weiterschwingen

1. Untersuche die Wörter.

| Grundwortschatz | | |
|---|---|---|
| der Blitz | | |
| sie sitzt | | |
| spitz | | |
| der Stock | | |
| er pflückt | | |

| Grundwortschatz | | |
|---|---|---|
| das Schloss | | |
| nass | | |
| dünn | | |
| schnell | | |
| hell | | |

2. Schwinge die Kari-Wörter weiter.

die Blitze – der Blitz, ____________________

____________________

____________________

3. Schwinge die Bu-Wörter weiter. Setze sie ein.

| | |
|---|---|
| nass | Kari sitzt auf dem ______ Rasen. |
| dünn | Seine ______ Decke wärmt ihn nicht. |
| Schloss | Er schaut in einem Buch alte ______ an. |
| hell | Bu liegt im ______ Wohnzimmer. |
| schnell | Er träumt von ______ Ufos. |

4. Markiere die Aufpass-Stellen. Erkläre.

Klettverschluss

versteckt

# Das kann ich

## Zusammengesetzte Nomen kennen

**1** Schreibe die zusammengesetzten Nomen mit Artikel auf.

hoch + das Haus    mager + die Milch    blau + die Meise

____

____

**2** Bilde zusammengesetzte Nomen.

trinken + das Glas = ____

gehen + der Weg = ____

rühren + die Schüssel = ____

laufen + die Bahn = ____

reiten + der Platz = ____

essen + der Löffel = ____

**3** Bilde die zusammengesetzten Nomen. Setze sie passend ein.

braten + die Pfanne    hören + das Buch    klettern + die Wand

Abends hört Momo gerne ein ____.

Auf dem Herd steht schon die ____ bereit.

Ali möchte es an der ____ bis nach oben schaffen.

## Zusammengesetzte Wörter weiterschwingen

1. Zerlege die zusammengesetzten Nomen.

| Landkarte | Flughafen | Waldlauf | Bergsteiger | Mittagessen |
|---|---|---|---|---|

2. Zerlege die zusammengesetzten Nomen aus 1. Schwinge weiter.

_______________

_______________

_______________

3. Zerlege die zusammengesetzten Nomen. Schwinge weiter.

| | | Wort |
|---|---|---|
| Schrei p/b tisch | | |
| Kle p/b stoff | | |
| Schla k/g stock | | |
| Lo p/b rede | | |

4. Zerlege die zusammengesetzten Nomen. Schwinge weiter.

Wil ___ katze (t/d) _______________

Hal ___ jahr (p/b) _______________

Blin ___ schleiche (t/d) _______________

• SB, S. 77

## Adjektive steigern

1 Welche Adjektive gehören zusammen? Markiere in derselben Farbe.

alt | kurz | am ältesten | heiß | besser
netter | älter | am kürzesten | nett | am heißesten
am nettesten | gut | heißer | am besten | kürzer

2 Ergänze die Adjektivformen.

| Grundform | 1. Vergleichsstufe | 2. Vergleichsstufe |
|---|---|---|
| klein | | |
| schön | | |
| | größer | |
| | wärmer | |
| | | am längsten |

3 Setze die Vergleichsstufen passend ein.

hoch   am höchsten   höher

Der Baum ist hoch ________.

Das Haus ist ________.

Der Turm ist ________.

Sprache untersuchen

sprachliche Strukturen/Begriffe kennen und anwenden: Steigerung von Adjektiven (Grundstufe, Vergleichsstufen), Möglichkeiten der Wortbildung kennen

- SB, S. 80
- C 48

## Mit Adjektiven vergleichen

1 Vergleiche mit der 1. Vergleichsstufe.

| | |
|---|---|
| groß | Das Mädchen ist größer **als** der Junge. |
| hell | Die Sonne ist ______ **als** die Taschenlampe. |
| alt | Opa ist ______ **als** das Baby. |
| gemütlich | Das Bett ist ______ **als** die Bank. |
| schnell | Der Zug ist ______ **als** der Roller. |
| süß | Der Apfel ist ______ **als** die Zitrone. |
| schlau | Ist Kari ______ **als** Bu? |

2 Vergleiche. Schreibe Sätze.

hart 

Die Nuss ist

langsam 

______

groß 

______

schwer 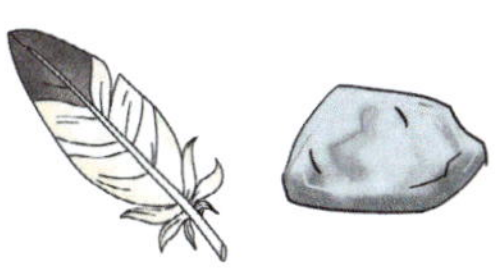

______

## Nominalisierte Verben kennen

1 Setze die Wörter als Verb und als Nomen ein.

| | |
|---|---|
| lesen | Wir lesen ______ ein englisches Märchen. |
| | Das ______ auf Englisch fällt Lola leicht. |
| feiern | Das ______ neuer Feste ist spannend und lustig. |
| | Wir ______ in der Schule ein Fest. |
| kochen | Das ______ kannst du lernen. |
| | Wir ______ gerne Nudelsuppe. |
| schreiben | Wir ______ spannende Geschichten. |
| | Das ______ lernt man in der ersten Klasse. |

2 Setze die Wörter als Verben oder als Nomen ein.

fahren schlafen schwimmen sprechen lernen hören einkaufen

Wir fahren ______ im Sommer in den Urlaub.

Ich freue mich auf das ______ im Meer.

Das ______ in der Landessprache wird aufregend.

Wir ______ wichtige Wörter.

Ich bin gespannt auf das ______ im Zelt.

Das ______ im Supermarkt ist interessant.

Wir ______ dort viele Sprachen.

## Komma bei Aufzählungen setzen

1. Lies den Text. Setze Kommas. Markiere **und** und **oder**.

In den Ferien machen manche Kinder einen Sprachkurs. Viele lernen Englisch, Französisch oder Spanisch. Dafür üben sie das Sprechen Verstehen und Schreiben einer Sprache. Fernsehen Lesen oder Hören in einer anderen Sprache sind auch hilfreich.

2. Schreibe die Sätze richtig auf. Setze Kommas sowie **und** ein.

Unsere Lehrerin spricht Deutsch Englisch Arabisch.

Unsere Lehrerin spricht Deutsch,

Im Urlaub esse ich gern Nudeln Pizza Eis.

Auf der Autobahn sehe ich Autos Wohnmobile Lastwagen
aus Deutschland Österreich Italien.

3. Was packst du in deinen Koffer? Schreibe als Aufzählung.

## Adjektive weiterschwingen

1 Verbinde.

alt — krank — gelb — blond — stark

gelber — älter — kränker — stärker — blonder

2 Schwinge die Adjektive mit der 1. Vergleichsstufe weiter.

| | | | |
|---|---|---|---|
| gesun d (t/d) | gesünder | lie ___ (p/b) | |
| mil ___ (t/d) | | kal ___ (t/d) | |
| klu ___ (k/g) | | schlan ___ (k/g) | |
| schrä ___ (k/g) | | gro ___ (p/b) | |

3 **ß** oder **s**? Schwinge die Adjektive mit der 1. Vergleichsstufe weiter.

| | | | |
|---|---|---|---|
| hei ß | heißer | sü ___ | |
| fie ___ | | gro ___ | |

4 Schwinge die Adjektive weiter. Setze ein.

| | |
|---|---|
| spä t/d | Bu kommt heute später als sonst. |
| mie ß/s | Er fühlt sich noch ___ als in der Nacht. |
| trü p/b | Das Wetter ist ___ als gestern. |



rechtschriftliche Kenntnisse anwenden: Adjektive mit Auslautverhärtung (t/d, p/b, k/g, s/ß) schreiben; Rechtschreibstrategien anwenden: Weiterschwingen (1. Vergleichsstufe)

• SB, S. 84
• C 52

# Merkwörter mit ä schreiben M

1 Schreibe die Merkwörter mit **ä** auf.

 Käfig

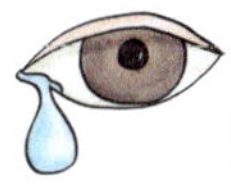 ______

 ______

 ______

 ______

 ______

2 Setze die Wörter passend ein.

| Gerät | Lärm | Känguru | spät | März |
|---|---|---|---|---|

Wenn ich nicht pünktlich bin, bin ich zu ______.

In der Sporthalle ist immer viel ______.

Eine Waschmaschine ist ein ______.

Der dritte Monat im Jahr heißt ______.

Ein ______ hat einen Beutel.

3 Schreibe Sätze mit Wörtern aus 1 und 2.

______

______

______

______

______

## Informationen sammeln und ordnen

(1) Lies.

**Frankreich**

Frankreich ist das drittgrößte Land Europas. Die Hauptstadt heißt Paris. Die meisten Menschen sprechen Französisch. Auf Französisch spricht man sich mit „Madame“ und „Monsieur“ an, was „Meine Dame“ und „Mein Herr“ bedeutet. Berühmt sind das lange Stangenbrot namens Baguette und Croissants. Dazu isst man Käse und Weintrauben. In Paris steht der Eiffelturm. Der Turm hat 1.665 Stufen und ist aus ganz genau 18.000 Metallstücken gebaut.

(2) Markiere Informationen im Text in (1) farblich passend zu den Oberbegriffen in (3).

(3) Ergänze die Informationen in Stichworten.

Ländersteckbrief Frankreich

Name: Frankreich Hauptstadt: ____________

Landessprache: ____________

Wörter in Landessprache: ____________

____________

landestypische Speisen: ____________

____________

Wissenswertes: ____________

____________



Texte planen: Informationen markieren, sammeln und zu Oberbegriffen ordnen

• SB, S. 86–89
• C 54, 55

## Adjektive weiterschwingen

1. Untersuche die Wörter.

| Grundwortschatz | |
|---|---|
| blond | |
| gesund | |
| fremd | |
| blind | |
| halb | |

| Grundwortschatz | |
|---|---|
| klug | |
| weiß | |
| süß | |
| heiß | |
| groß | |

2. Schwinge die Kari-Adjektive weiter.

blonder – blond, ______________________

______________________

______________________

3. Schwinge die Bu-Adjektive weiter. Setze sie ein.

| | |
|---|---|
| groß | Kari ist viel ______ als der kleine Bu. |
| süß | Bu findet Kakao ______ als Milch. |
| weiß | Kari mag die ______ Milch lieber als Kakao. |
| heiß | Bu mag kalten Kakao, Kari liebt ______ Milch. |
| klug | Wer von beiden ist ______? |

4. Welche Adjektive kannst du nicht steigern? Erkläre.

richtig gut dreieckig leer

# Das kann ich

## Adjektive steigern und mit Adjektiven vergleichen

1 Ergänze die Adjektivformen.

| Grundform | 1. Vergleichsstufe | 2. Vergleichsstufe |
|---|---|---|
| schnell | | |
| | schwieriger | |
| | | am längsten |
| | ärmer | |
| weit | | |

2 Vergleiche. Schreibe Sätze.

laut 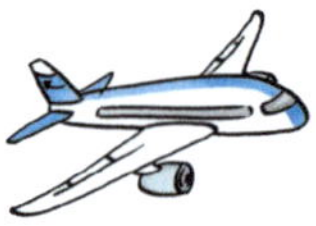 

leicht  

3 Steigere die Adjektive.

| Grundform | 1. Vergleichsstufe | 2. Vergleichsstufe |
|---|---|---|
| viel | | |
| gut | | |
| hoch | | |



Wiederholung
Sprache untersuchen

Inhalte des Kapitels wiederholen, eigenen Lernstand reflektieren

• SB, S. 91

## Adjektive weiterschwingen

① Schwinge die Adjektive mit der 1. Vergleichsstufe weiter.

klu ___ (k/g) ____________ frem ___ (t/d) ____________

gro ___ (p/b) ____________ gro ___ (s/ß) ____________

② Schwinge die Adjektive weiter. Setze ein.

| | |
|---|---|
| blon t/d | Die Haare werden ____________. |
| run t/d | Der Mond wird ____________. |
| lie p/b | Der Hund wird ____________. |

③ Schwinge die Adjektive weiter. Setze ein.

| | |
|---|---|
| al t/d | Mein Opa ist ____________ als meine Oma. |
| klu k/g | Wir werden immer ____________. |
| spä t/d | Ich möchte gerne ____________ ins Bett gehen. |
| hei ß/s | In Spanien ist es ____________ als auf Island. |

④ Schwinge die Adjektive weiter. Schreibe auf.

| | |
|---|---|
| blin t/d | ____________ |
| hal p/b | ____________ |
| run t/d | ____________ |

## Satzglieder umstellen

1 Schreibe Sätze.

| | | |
|---|---|---|
| die sieben Zwerge | im Wald | wohnen |
| Schneewittchen | das Zwergenhaus | findet |
| die Königin | dem Jäger | vertraut |

| Die sieben Zwerge | wohnen |

2 Stelle die Sätze aus 1 zweimal um. Schreibe sie auf.

| Im Wald | wohnen |

## Satzglieder bestimmen (Prädikat)

1. Stelle zum Fragesatz um und markiere die Satzglieder.
Unterstreiche die Prädikate.

Das tapfere Schneiderlein näht.

| Näht | das

Die lästigen Fliegen summen.

Das Schneiderlein stöhnt.

2. Stelle zum Fragesatz um und markiere die Satzglieder.
Unterstreiche die Prädikate.

Die sieben Geißlein sind im Haus.

| Sind | die

Plötzlich klopft es an der Haustür.

Vor der Tür steht der Wolf.

Er verstellt seine Stimme.

Die Geißlein öffnen die Tür.

Die Geißenmutter findet das jüngste Kind.

• SB, S. 97
• C 58, 59

sprachliche Strukturen kennen und anwenden: Satzglieder (Prädikat) bestimmen, sprachliche Operationen nutzen (umstellen)

## Satzglieder bestimmen (Subjekt)

1 Markiere die Satzglieder. Nutze in Gedanken die Umstellprobe.

| Der Vater | bringt | Hänsel und Gretel in den Wald .

Auf den Weg streut Hänsel helle Kieselsteine .

Die hellen Steine leuchten im Mondschein .

Die beiden Kinder finden den Weg nach Hause .

2 Unterstreiche in den Sätzen aus 1 die Prädikate und die Subjekte.

3 Unterstreiche die Prädikate. Setze passende Subjekte ein.

Cleo schenkt ihrem Bruder eine Märchenfigur.

______ liest Märchen aus anderen Ländern.

______ spielen das Märchen vom gestiefelten Kater.

______ hat viele Seiten.

______ lieben die Märchen der Gebrüder Grimm.

4 Ergänze in diesen Sätzen passende Prädikate und Subjekte. Unterstreiche.

Mein Bruder blättert in einem Buch.

Heute ______ ______ einen Film.

______ ______ eine Hexe?

Am Abend ______ ______.



sprachliche Strukturen kennen und anwenden: Satzglieder (Subjekt) bestimmen

• SB, S. 98
• 60

# Zweiteilige Prädikate bestimmen

1. Unterstreiche die zweiteiligen Prädikate.

Kurz vor Mitternacht läuft Aschenputtel dem Prinzen weg.

Auf der Treppe hebt der Prinz einen gläsernen Schuh auf.

Der Prinz klopft an jedem Haus an.

Alle Mädchen probieren den gläsernen Schuh an.

Schließlich findet der Prinz Aschenputtel wieder.

Der Prinz zieht Aschenputtel den Schuh an.

Der Fuß passt perfekt hinein.

Der Prinz stellt Aschenputtel seinen Eltern vor.

Sie bereiten die Hochzeit vor.

2. Setze die Verben ein. Unterstreiche die zweiteiligen Prädikate und die Subjekte.

| | |
| --- | --- |
| aufsetzen | Rotkäppchen setzt seine rote Kappe auf. |
| einpacken | Es _____ Wein und Kuchen _____. |
| ansprechen | Der Wolf _____ das Mädchen _____. |
| mitnehmen | Er _____ Rotkäppchen zu einer Wiese _____. |
| abpflücken | Rotkäppchen _____ dort Blumen _____. |
| vorlaufen | Der Wolf _____ zur Großmutter _____. |
| auffressen | Der Wolf _____ die Großmutter _____. |
| zudecken | Im Bett _____ sich der Wolf _____. |
| anschauen | Rotkäppchen _____ den Wolf _____. |

• SB, S. 99
• 61, 62

sprachliche Strukturen kennen und anwenden: Satzglieder (zweiteiliges Prädikat) bestimmen, sprachliche Operationen nutzen (umstellen)

## Zweiteilige Prädikate bestimmen

1. Stelle zum Fragesatz um.
Unterstreiche die zweiteiligen Prädikate.

Die Stiefmutter hat Linsen in die Asche geschüttet.

Hat die Stiefmutter ______________________________

__________________________________________________

Aschenputtel hat die Linsen aus der Asche gesammelt.

__________________________________________________

__________________________________________________

Die Tauben sind zu Aschenputtel geflogen.

__________________________________________________

__________________________________________________

2. Setze die Verben im Perfekt ein. Unterstreiche die zweiteiligen Prädikate und die Subjekte.

| | |
|---|---|
| verfluchen | Eine Fee hat Dornröschen verflucht. |
| steigen | Dornröschen ______ in den Turm ______. |
| treffen | Dort ______ es eine alte Frau ______. |
| spinnen | Die alte Frau ______ Wolle ______. |
| stechen | Dabei ______ sich Dornröschen ______. |
| schlafen | Dornröschen ______ viele Jahre ______. |
| erfüllen | Damit ______ sich der Fluch ______. |
| wachsen | Um das Schloss ______ eine Hecke ______. |



sprachliche Strukturen kennen und anwenden: Satzglieder (zweiteiliges Prädikat) bestimmen, sprachliche Operationen nutzen (umstellen)

• SB, S. 99
• C 61, 62

## Fremdwörter merken M

(1) Verbinde.

Clown | Garage | Bonbon | Baby

Handy | Pyramide | Teddy | Cent

(2) Ordne die Wörter aus (1) nach dem Abc.

1. Baby
2. ______
3. ______
4. ______
5. ______
6. ______
7. ______
8. ______

(3) Lies und ordne Fremdwörter aus (1) zu.

In der … parkt Oma ihr Auto.
Mit dem … kann ich kuscheln.
Du kannst den … lutschen.
Die … ist ein Bauwerk in Ägypten.
Mein kleiner Bruder ist ein ….
Der … macht Späße im Zirkus.

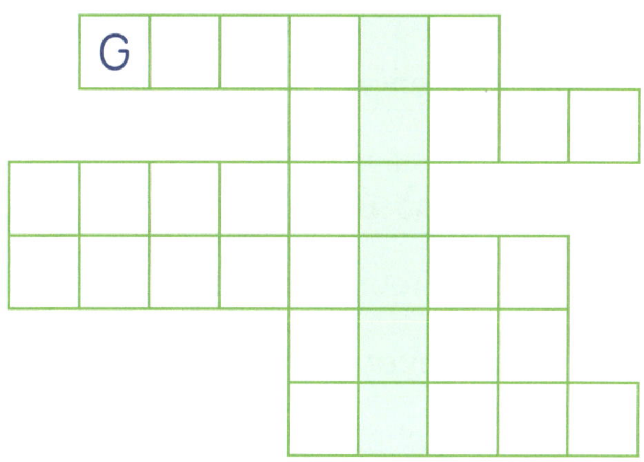


Lösungswort: ___ ___ ___ ___ ___ ___

## Merkwörter mit V/v, ver und vor schreiben

1. Setze V/v ein. Markiere.

| V ulkan | ___ater | ___ase | ___ampir |
|---|---|---|---|
| Kla___ier | Pul___er | bra___ | Karne___al |

2. Schreibe die Gegensätze mit v auf.

leer – voll  
wenig – ___  
hinten – ___  
nach – ___

3. Setze Ver oder Vor ein.

| Vor hang | ___mittag | ___schmutzung | ___bild | ___dacht |
|---|---|---|---|---|
| ___name | ___fahrt | ___wechslung | ___sicht | ___nunft |

4. Setze ver oder vor ein.

| ver rückt | ___her | ___geblich | ___bieten | ___liebt |
|---|---|---|---|---|
| ___bei | ___sichtig | ___letzt | ___gelaufen | ___hin |

5. Setze Ver/ver und Vor/vor passend ein.

Kari und Bu ver reisen sehr gerne. Sie ___suchen,
viele Freunde zu besuchen. Am ___mittag heben sie ab.
Sie steuern ihr Ufo ___sichtig durch das Weltall.
___sehentlich landen sie in einem ___garten.
Das ist doch ___boten! Ihre Freunde ___zeihen ihnen.

rechtschriftliche Kenntnisse anwenden: Wörter mit V/v, ver-, vor- schreiben; Rechtschreibstrategien anwenden: Merken, Wortbausteine

• SB, S. 101
• C 64

## Eine Personenbeschreibung planen

1 Lies die Merkmale von Personen. Ordne sie den Oberbegriffen zu.

| | | | | |
|---|---|---|---|---|
| Mann | rund | Kind | oval | schulterlang |
| Locken | gestreift | Glatze | Hose | kurze Haare |
| Krone | dick | Schaufel | jung | goldene Kugel |
| kariert | Schmuck | Stupsnase | alt | Sommersprossen |
| schlank | Frau | blond | Mütze | breite Schultern |
| gepunktet | Vollbart | Stiefel | Korb | Knollennase |

allgemeine Angaben: Mann, ______________________

______________________

______________________

Kopf: ______________________

______________________

______________________

______________________

Kleidung: ______________________

______________________

______________________

weitere Merkmale: ______________________

______________________

______________________

## Eine Personenbeschreibung überarbeiten

(1) Lies die Beschreibung.

Die Prinzessin ist ungefähr 20 Jahre alt.

Sie hat eine schlanke Figur.

Ihre braunen Haare reichen bis auf die Schultern.

Sie trägt auf dem Kopf eine Krone.

Eine Stupsnase sitzt über dem kleinen Mund.

Die Prinzessin trägt heute ein grünes Kleid.

Stiefel schauen unter dem Kleid hervor.

(2) Überarbeite die Beschreibung aus (1).
Stelle Sätze um. Nutze die unterstrichenen Satzglieder.

Die Prinzessin



Texte überarbeiten: Kriterien für die Überarbeitung nutzen, Sätze umstellen; Arbeitstechniken anwenden: Texte auf Richtigkeit überprüfen (Textlupen)

• SB, S. 103
• C 66

## Merkwörter mit V/v schreiben

1 Untersuche die Wörter.

| Grundwortschatz | | |
|---|---|---|
| der Pullover | M | ↑ |
| das Silvester | | |
| der November | | |
| bevor | | |
| vorn | | |

| Grundwortschatz | |
|---|---|
| vielleicht | |
| brav | |
| viele | |
| voll | |
| davon | |

2 Schreibe die Kari-Wörter in verschiedenen Farben und Formen.

Pullover

3 Setze die Bu-Wörter ein.

Bu backt für Kari viele ____ süße Muffins.

Der Teller ist schon sehr ____.

Er muss wohl einige ____ selbst essen.

Ein Vogel wartet ____ auf der Fensterbank.

Bu gibt ihm später ____ die Krümel.

4 Was fällt dir auf? Erkläre.

Verlag Ferse Vorwurf Forderung

## Satzglieder bestimmen

1. Stelle den Satz zweimal um. Markiere die Satzglieder.

Schneewittchen schläft am Abend im Zwergenhaus.

2. Unterstreiche in den Sätzen in 1 Prädikate und Subjekte.

3. Markiere die Satzglieder. Nutze die Umstellprobe.
Unterstreiche Prädikate und Subjekte.

Der Frosch ist zum Schloss gehüpft .
Laut hat er nach der Königstochter gerufen .
Die Prinzessin hört den Frosch .
Der Frosch erinnert sie an ihr Versprechen .
Später hüpft der Frosch auf ihr Bett .

4. Unterstreiche die zweiteiligen Prädikate.

Die Geißenmutter hat ihre Kinder gesucht.
Die Geißenmutter schneidet dem Wolf den Bauch auf.
Die Geißlein sind aus dem Bauch gesprungen.

# Das kann ich

## Fremdwörter und Wörter mit ver und vor schreiben

① Verbinde.

| | |
|---|---|
| Garage | ein Haarwaschmittel |
| Etage | ein Geschäft |
| Shop | ein Ort für ein Auto |
| Shampoo | ein Stockwerk in einem Haus |

② Ordne die Fremdwörter nach dem Abc. Nummeriere.

| | | | |
|---|---|---|---|
| ☐ Pool | ☐ Jeans | ☐ Shop | ☐ Laptop |
| ☐ Genie | ☐ Computer | ☐ Pyramiden | ☐ Tablet |

③ Setze Nomen aus ② ein.

Ich schwimme gern im ______.

Meine ______ lege ich auf den Stuhl.

Der große ______ steht auf Papas Schreibtisch.

Auf dem Tablet schaue ich Ägyptens ______ an.

④ Setze Ver/ver oder Vor/vor ein.

Vor Ver

vor ver

___sicht ___rat ___gang ___teil ___lust

___wärts ___sprochen ___abreden ___her

## Angaben im Satz erkennen (Ort)

1 Markiere die Satzglieder.

| Samara | flitzt | hinter die Trennwand |.

Herr Stein kommt aus der Klasse .

Herr Stein steht im Flur .

2 Unterstreiche in 1 Prädikat, Subjekt und Ortsangabe.

3 Ergänze in jedem Satz eine Ortsangabe.

Frau Linz unterrichtet im Nebengebäude. (Wo?)

Cedric und Cleo rennen ______________________. (Wohin?)

Die Kinder stürmen ______________________. (Woher?)

______________________ tobt der Sturm. (Wo?)

Wir spazieren ______________________. (Wohin?)

4 Markiere die Satzglieder in 3.
Unterstreiche Prädikat, Subjekt und Ortsangabe.

5 Unterstreiche Prädikat, Subjekt und Ortsangabe.

Faruk geht in die Garage.

Sein Fahrrad hängt an der Wand.

Aus dem Reifen entweicht die Luft.

Faruk läuft zum Fahrradladen.

Die Verkäuferin kommt aus der Werkstatt.

sprachliche Strukturen kennen und anwenden: Satzglieder (Prädikat, Subjekt, Ortsangabe) bestimmen, sprachliche Operationen nutzen (ergänzen)

• SB, S. 108
• C 67

## Angaben im Satz bestimmen (Ort)

1 Bilde Sätze. Schreibe sie auf.

| Ich | helfen | im Schulgarten. |
|---|---|---|
| Wir | flitzen | nach draußen. |
| Lara | harken | zwischen den Möhren. |
| Insekten | kriechen | aus dem Boden. |

Denke an die Personalform der Verben.

Ich flitze ____________________

____________________

____________________

____________________

____________________

2 Unterstreiche in deinen Sätzen in 1 Prädikat, Subjekt und Ortsangabe.

3 Ergänze in jedem Satz eine Ortsangabe.

Ole verschwindet im Garten ____________________.
Wo?

Wir laufen ____________________.
Wohin?

Ein Topf fällt ____________________.
Woher?

____________________ liegen die Gartengeräte.
Wo?

____________________ kommt Rauch.
Woher?

4 Unterstreiche in 3 Prädikat, Subjekt und Ortsangabe.

• SB, S. 109
• C 68

sprachliche Strukturen kennen und anwenden: Satzglieder (Prädikat, Subjekt, Ortsangabe) bestimmen, sprachliche Operationen nutzen (ergänzen)

## Angaben im Satz erkennen (Zeit)

1 Markiere die Satzglieder.

| Samara | schreibt | dreißig Minuten |.

Herr Stein trainiert am Nachmittag .

Cleo wartet seit vier Uhr .

2 Unterstreiche in 1 Prädikat, Subjekt und Zeitangabe.

3 Ergänze in jedem Satz eine Zeitangabe.

Frau Linz unterrichtet am Vormittag.
Wann?

Cedric und Cleo wandern ______.
Seit wann?

Samara schwimmt ______.
Wie lange?

______ esse ich Müsli.
Wann?

Dauern die Ferien ______?
Wie lange?

4 Markiere die Satzglieder in 3.
Unterstreiche Prädikat, Subjekt und Zeitangabe.

5 Unterstreiche Prädikat, Subjekt und Zeitangabe.

Ali flötet jeden Tag.

Sein Flötenunterricht ist mittwochs.

Der Flötenunterricht dauert eine Stunde.

Er beginnt um 15.00 Uhr.

Nach dem Unterricht stürmen die Kinder nach draußen.

sprachliche Strukturen kennen und anwenden: Satzglieder (Prädikat, Subjekt, Zeitangabe) bestimmen, sprachliche Operationen nutzen (ergänzen)

• SB, S. 110
• C 69

## Angaben im Satz bestimmen (Zeit)

① Bilde Sätze. Schreibe sie auf.

| Das Baby | essen | nachmittags. |
|---|---|---|
| Wir | schlafen | um 12.30 Uhr. |
| Mein Freund | spielen | den ganzen Tag. |
| Momo | putzen | samstags. |

Das Baby schläft ______

______

______

______

______

② Unterstreiche in deinen Sätzen in ① Prädikat, Subjekt und Zeitangabe.

③ Ergänze in jedem Satz eine Zeitangabe.

Um 8.00 Uhr ______ gehen wir ins Bett.
(Wann?)

______ turnt Adin in der Turnhalle.
(Seit wann?)

Papa joggt ______ im Park.
(Wie lange?)

______ beginnt der Unterricht in der Musikschule.
(Wann?)

Fehlt Ole ______ in der Schule?
(Seit wann?)

④ Unterstreiche in ③ Prädikat, Subjekt und Zeitangabe.

# Merkwörter mit ai schreiben M

(1) Finde die passenden Wörter mit **ai**. Löse das Rätsel.

1. Ein geschmückter Baum im Frühling ist ein …
2. Er ist kein König. Er ist ein …
3. Ein essbarer Kolben hat viele gelbe …
4. Das … blüht im Frühling.
5. Eine Gitarre hat sechs …
6. Der Name eines Wirbelsturms ist …

Maiskörner
Saiten
Taifun
Kaiser
Maibaum
Maiglöckchen

| | | | | | | | | | | | | |
|---|---|---|---|---|---|---|---|---|---|---|---|---|
| ① | | M | A | I | B | A | U | M | | | | |
| ② | | | | | | | | | | | | |
| ③ | | | | | | | | | | | | |
| ④ | | | | | | | | | | | | |
| ⑤ | | | | | | | | | | | | |
| ⑥ | | | | | | | | | | | | |

Wörter mit **ai** muss ich mir m__ __ __ __ __ __.

(2) Schreibe Sätze mit Wörtern aus (1).

## Merkwörter mit I/i schreiben M

① Finde die passenden Wörter mit **i**. Löse das Rätsel.

1. Von diesem Gemüse gibt es grüne, gelbe, orange und rote Sorten.
2. Eine Packung Mehl wiegt meistens 1 …
3. Mein Vater kauft heute 3 … Milch.
4. Diese Blume blüht im Frühling.
5. Aus Rot und Blau mische ich die Farbe …

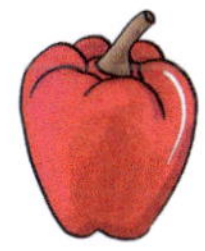

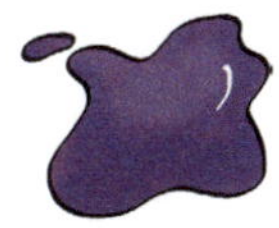

| | | | | | | | | | | |
|---|---|---|---|---|---|---|---|---|---|---|
| | | | ① | P | | | | | | |
| ② | K | | | | | | | | | |
| | | | | ③ | L | | | | | |
| | | ④ | P | | | | | | | |
| | | ⑤ | L | | | | | | | |

Lösungswort: ___ ___ ___ ___ ___

② Ordne die Wörter nach dem Abc. Markiere die Aufpass-Stelle **i**.

| | | | | | |
|---|---|---|---|---|---|
| Kontinent | Familie | Polizei | Kino | Fibel | Virus |
| Juli | Juni | Klima | Dino | Monitor | Biber |

1. Biber
2. 
3. 
4. 
5. 
6. 
7. 
8. 
9. 
10. 
11. 
12. 

• SB, S. 113
• C 72

rechtschriftliche Kenntnisse anwenden: Wörter mit i schreiben; Rechtschreibstrategien anwenden: Merken

## Eine Geschichte mit bildhafter Sprache schreiben

1 Verbinde die Gefühle mit den passenden Redewendungen.

Angst 

Freude 

Wut 

Traurigkeit 

- Ich freue mich wie ein Schneekönig.
- Ich habe Tränen in den Augen.
- Mir rutscht das Herz in die Hose.
- Ich fahre aus der Haut.
- Ich fühle mich wie ein Häufchen Elend.
- Ich bin Feuer und Flamme.
- Ich habe die Nase voll.
- Ich habe weiche Knie.

2 Schreibe Sätze. Nutze Redewendungen aus 1.

Ich habe weiche Knie, wenn



Texte planen: Schreibziel klären, sprachliche Mittel (bildhafte Sprache) sammeln; Mehrdeutigkeit von Sprache kennen

• SB, S. 114–117
• C 73

## Bildhafte Sprache nutzen

1 Lies die Geschichte. Markiere Ausdrücke für Gefühle und Spannung.

Eine Reise ins Ungewisse

Mit meiner Schwester Paula spiele ich heute im Stadtpark. Hinter einer Hecke entdeckt Paula etwas Glitzerndes. Behutsam drücken wir die Zweige beiseite, um zu sehen, was es ist. Mir fallen fast die Augen aus dem Kopf, als ich die wundersame Maschine genauer betrachte. Das muss eine Zeitmaschine sein! Gespannt wie ein Flitzebogen drücke ich auf einen blinkenden Knopf, auf dem „Vergangenheit" steht. Direkt neben der Maschine entsteht eine riesige Lichtsäule. Ohne lange zu fackeln treten Paula und ich in das Licht. Es ist sehr hell und wir können nichts mehr erkennen. Als der Lichtstrahl erblasst, stehen wir mitten auf einem Burghof. Es herrscht reges Treiben. Frauen in langen Kleidern tragen Krüge zu einem Brunnen. Kinder spielen vergnügt mit Steinen auf dem Boden. Ich hätte die ganze Welt umarmen können, denn ich erkenne, dass wir auf einer Ritterburg gelandet sind. Freudestrahlend gehen wir auf die Kinder zu, um mitzuspielen.

Plötzlich hören wir eine ohrenbetäubende Fanfare. Das Burgtor öffnet sich. Männer in glänzenden Ritterrüstungen schreiten in den Hof. Dicht dahinter reitet ein edel gekleideter Mann auf einem Pferd. Er hat eine Krone auf dem Kopf. Ich freue mich wie ein Schneekönig. Das muss der König sein! Doch auf einmal höre ich einen der Ritter rufen: „Eindringlinge! Ergreift sie!" Mir rutscht das Herz in die Hose, als ich sehe, dass die Ritter auf uns zukommen. Ihre spitzen Schwerter sind auf uns gerichtet. Mit schwitzenden Händen packe ich Paula am Arm. Sie steht mit weit aufgerissenen Augen da und rührt sich nicht. Ich fasse mir ein Herz und ziehe Paula in Richtung des Lichtstrahls. Doch die Ritter sind uns dicht auf den Fersen. In letzter Sekunde setzen wir zum Sprung an und landen direkt in der Lichtsäule. Das Licht ist so hell, dass wir die Augen zusammenkneifen müssen. Hoffentlich klappt es. Nach unendlich erscheinenden Sekunden wird das Licht wieder dunkler. Mit weichen Knien erkennen wir, dass wir zurück im Stadtpark sind. Zum Glück ist alles gut ausgegangen.

• SB, S. 114–117
• C 74

Texte planen: Schreibziel klären, sprachliche Mittel (bildhafte Sprache) sammeln; Mehrdeutigkeit von Sprache kennen

## Merkwörter mit ai und I/i schreiben

① Untersuche die Wörter.

| Grundwortschatz | | |
|---|---|---|
| der Mai | M | ↑ |
| der Hai | | |
| der Mais | | |
| der Kaiser | | |
| der Igel | | |

| Grundwortschatz | | |
|---|---|---|
| das Lineal | | |
| der Juni | | |
| der Juli | | |
| der Liter | | |
| die Minute | | |

② Schreibe die Kari-Nomen in verschiedenen Farben und Formen.

Mai

③ Setze die Bu-Wörter ein.

Kari und Bu fliegen im Juni zum Mond.

Mit einem ________ messen sie die Länge der Steine.

Sie gießen einen ________ Wasser auf den Boden.

Dabei zählen sie jede ________, bis es versickert ist.

Sie bleiben bis Mitte des Monats ________.

④ Markiere alle Aufpass-Stellen. Erkläre.

Fahrradventile

Erklärvideolänge

## Satzglieder bestimmen

**1** Bilde Sätze. Schreibe sie auf.

| | | |
|---|---|---|
| Tina | reiten | seit zwei Stunden. |
| Wir | fahren | aus dem Käfig. |
| Der Vogel | fliegen | um das Feuer. |
| Alle | schlafen | in der Nacht. |

**2** Unterstreiche in **1** Prädikat, Subjekt, Ortsangabe und Zeitangabe.

**3** Unterstreiche Prädikat, Subjekt, Ortsangabe und Zeitangabe.

Unsere Klasse fährt drei Tage lang auf Klassenfahrt.

Am Montag beginnt die Klassenfahrt um 8.00 Uhr.

Alle Kinder kommen um 7.45 Uhr zum Parkplatz.

Das Gepäck kommt in die Gepäckfächer.

Die Lehrerinnen warten bis 8.10 Uhr auf dem Parkplatz.

Startet der Busfahrer um 8.15 Uhr?

# Das kann ich

## Merkwörter mit I/i schreiben M

1. Ordne die Wörter nach dem Abc. Markiere die Aufpass-Stelle **i**.

| Paprika | Polizei | Pelikan | Biber | Zitrone | Giraffe | Liter | Lineal |
|---|---|---|---|---|---|---|---|

1. ______ 5. ______

2. ______ 6. ______

3. ______ 7. ______

4. ______ 8. ______

2. Setze die Wörter passend ein.

Kari ist sehr ______.

Er spielt gerne auf seiner ______.

Bu bekommt jedes Mal eine ______.

Heute fliegt er zu seinem ______.

Danach isst er eine ______.

Krise
Gitarre
Frisör
musikalisch
Kiwi

3. Setze Wörter dieser Seite passend ein.

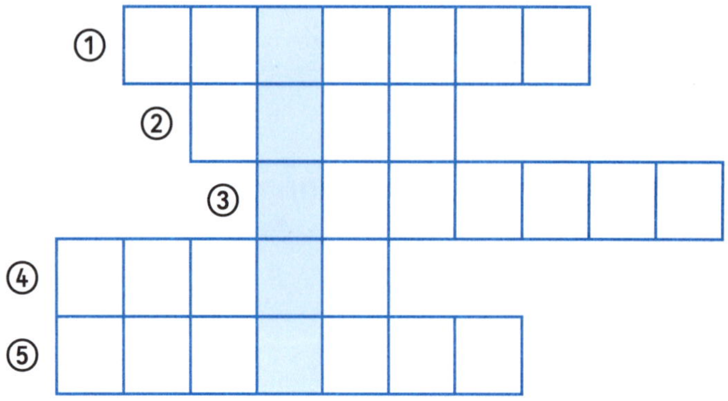

Lösungswort: ___ ___ ___ ___ ___

Inhalte des Kapitels wiederholen, eigenen Lernstand reflektieren

• SB, S. 119